AF313616

Prix : 3 francs

PAGES D'HISTOIRE
album par CARAN D'ACHE
CARAN D'ACHE

2e ÉDITION

Par
Caran d'Ache
PAGES D'HISTOIRE

LE NOUVEAU SIÈCLE

LES PREMIERS PAS

INQUIÉTUDES

Une sinistre rumeur vient de secouer le monde où l'on se canonne : Krupp allait licencier... Krupp licenciait ! Renseignements pris, il ne s'est agi que d'un simple renvoi d'une bagatelle de 5.000 ouvriers, bagatelle infinitésimale, quoi !

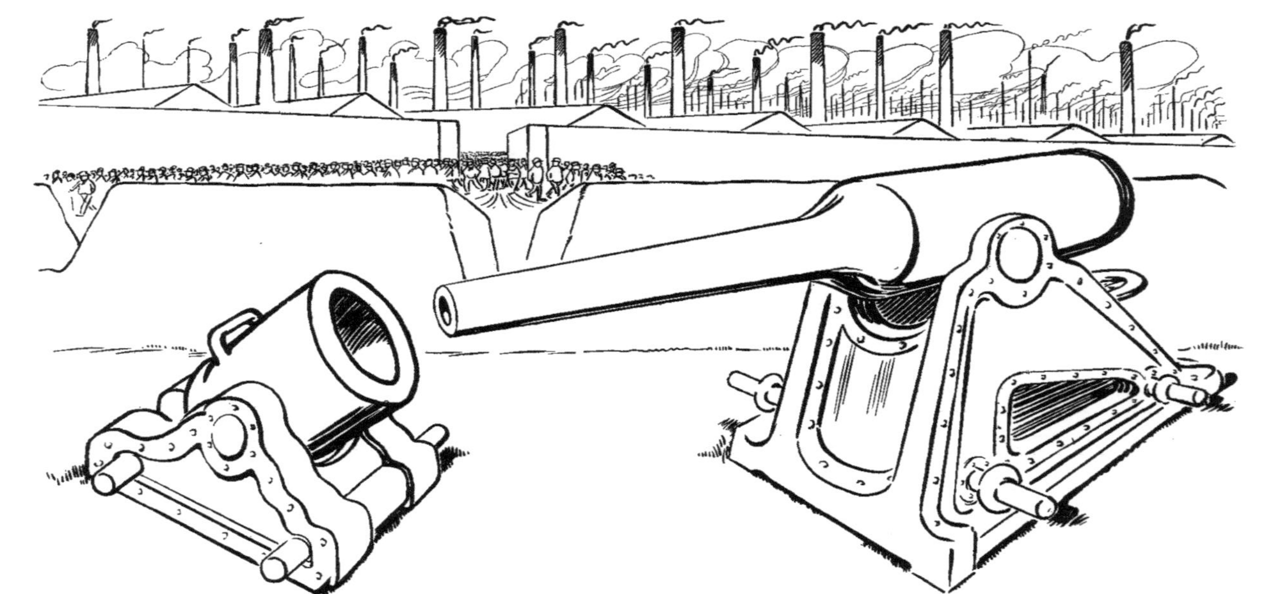

LE MORTIER, *très alarmé*. — Vous savez la nouvelle ?...

LE 220 LONG, *furieux*. — Parbleu ! On n'entend plus parler que d'alliances !!...

L'ACCORD ANGLO-ALLEMAND (Théorie et Pratique)

L'ANGLAIS ET L'ALLEMAND.

« MADE IN GERMANY »

« Made in Germany » (Fait en Allemagne), tel est le titre du livre fameux de M. Edwin Williams, où l'auteur nous dépeint les alarmes et les doléances de John Bull, menacé de passer le sceptre du commerce et de l'industrie à sa formidable rivale l'Allemagne. Citons, d'après l'excellente traduction d'Arvède Barine, ces quelques passages :

Regardez autour de vous; voici à peu près ce que vous verrez. Vous découvrirez que l'étoffe d'une partie de vos vêtements a probablement été tissée en Allemagne.

Il est encore plus probable qu'une partie des objets d'habillement de votre femme est d'importation germanique,

et il est hors de doute que les beaux manteaux et les magnifiques jaquettes avec lesquels vos bonnes s'endimanchent ont été faits en Allemagne,

et vendus par des Allemands, sans quoi on ne les aurait pas eus à ce prix là.

Le fiancé de votre institutrice est commis dans la Cité. Mais lui aussi a été fait en Allemagne.

Les joujoux, les poupées, les livres de contes que vos enfants abîment dans leur nursery ont été faits en Allemagne,

et toutes les apparences sont pour que le papier de votre journal favori ait la même provenance.

Parcourez votre maison du haut en bas et vous rencontrerez à chaque pas l'étiquette fatale, depuis le piano du salon

jusqu'au pot à bière de la cuisine, en dépit de son inscription anglaise.

Descendez dans les entrailles de votre maison et vous constaterez que vos drains ont été faits en Allemagne.

Vous ramassez le papier qui enveloppait un paquet de livres et lui aussi a été fait en Allemagne.

Vous le jetez au feu : le tisonnier que vous tenez à la main a été forgé en Allemagne.

En vous relevant, vous cassez un bibelot sur la cheminée, vous ramassez les morceaux et vous lisez sur ce qui formait le dessous : *Made in Germany* (Fait en Allemagne).

A minuit, votre femme rentre du théâtre. Elle a entendu un opéra fait en Allemagne,

exécuté par des chanteurs,

des musiciens,

et un chef d'orchestre faits en Allemagne, avec l'aide d'instruments et de cahiers de musique faits en Allemagne.

Vous allez vous coucher et vos regards irrités tombent sur le verset de l'Écriture apposé à la muraille; il est orné d'une église de village anglais, mais il a été imprimé en Allemagne.

Pour peu que vous ayez de l'imagination et un mauvais estomac, vous rêvez que saint Pierre — dont l'auréole et les clefs portent la bonne marque de fabrique allemande — refuse de vous recevoir au paradis parce que vous n'avez pas été fait en Allemagne.

Vous vous en consolez en pensant qu'après tout ce pays n'était qu'une brasserie et que vous êtes réveillé au matin par les cuivres sonores d'une musique... allemande.

LA VIE SPORTIVE

UN DÉFI EN TOUS GENRES

Un sportsman anglais vient de faire parvenir au directeur du *Sporting-Life* un chèque de 500 livres (12.000 fr.) pour appuyer le défi qu'il lance à tout homme du monde. Il s'agit d'un match — ou plutôt de quantités de matches — à disputer en vingt-quatre heures et dans les conditions suivantes :

1ʳᵉ MANCHE.— Dix milles (16 k.093 m.) en bicyclette.

2ᵉ MANCHE. — De Brondesburg à Martle Arch (parcours très dur), avec mail-coach attelé à quatre.

3ᵉ MANCHE. — Traverser à la nage la Serpentine-River.

4ᵉ MANCHE. — Une promenade à cheval dans Hyde-Park.

5ᵉ MANCHE. — Monter en automobile jusqu'à Hammersmith.

6ᵉ MANCHE. — Ramer de Hammersmith à Barnes.

7ᵉ MANCHE. — Préparer un plat difficile dans la cuisine d'un grand restaurant, à Londres.

8ᵉ MANCHE. — Jouer une partie de billard.

9ᵉ MANCHE. — Danser, en habit, une valse.

10ᵉ MANCHE. — Aller dîner à Brighton.

11ᵉ MANCHE. — Rentrer à Londres.

12ᵉ MANCHE. — Se rendre à Hastings.

13ᵉ MANCHE. — Revenir à Londres.

14ᵉ MANCHE. — Réciter un poème sur la scène d'un music-hall.

15ᵉ MANCHE. — Jouer une partie de cartes dans un club connu.

Un sportsman marseillais. — Mylord, et la bouillabaise ?

MARCHE SUR PÉKIN (Souvenir de Chine)

JOHN BULL. — Qui sait? j'aurai peut-être soif tout à l'heure

UNE GROSSE PARTIE (Souvenir de Chine)

LES JOUEURS. — Relevez donc vos manches, Excellence !

MOBILISATION TURQUE

— Quel est le moral de vos soldats, colonel ?

· Excellent, Excellence !... Des lions, à jeun depuis six mois...

JEUX INNOCENTS MACEDONIANA

Encore une fois, Monsieur le Correspondant, je le répète, rien de grave ne se passe ici. Simples jeux d'écoliers en récréation!... Entendez-vous ces cris allègres ?... Ce sont mes chenapans de gendarmes.....

.....qui s'amusent à CHERCHER LE BULGARE.

ÉCHO D'ALLEMAGNE

" L'HYMNE A LA PAIX "; Improvisation qui finit toujours par l'éclosion d'un nouveau corps d'armée.

Coquelin à Berlin. — Interrogé par les reporters, M. Coquelin répondit :
« De ce que m'a dit l'Empereur, je ne veux me souvenir que pour moi-même. »

Patience, messieurs... Bientôt le monde s'en ressentira.

LA RE-PRISE

Une grosse, grosse nouvelle nous arrive d'Angleterre, la pipe a vécu, la pipe a rendu sa bouffée dernière, et vive la prise.

Le roi vient de donner l'exemple.

Monsieur Chamberlain prise.

Les Clubs prisent.

Les Dames prisent.

Le War-Office prise.

Les Life-Guards prisent.

Les Highlanders prisent.

Les policemen prisent.

On prise en cab et on prise dessus.

Les miniaturistes, pour les tabatières, sont sur les dents.

Et le Transvaal dit : « Quand même ! »

BATEAUX - CIGARES

LE CAUCHEMAR D'UNE NUIT D'ÉTÉ

EN ASIE

L'OURS CHAUFFEUR ET LE LION BRITANNIQUE

BONNES PROPHÉTIES

Moi aussi, par ce temps des chiffres 13, gros de menaces, je suis allé consulter une sommité divinatoire, laquelle, je m'empresse de le dire, s'est montrée résolument optimiste.
— En bloc, prophétisa-t-elle, je vois l'année bonne !

— Je vois la Chine trouver son maître dans nos bureaux maritimes.

— Les ménages princiers consolidés par de solides barrières, contre les entreprises belges.

— La situation respective en Macédoine m'apparaît comme fort tenable encore.

— L'éducation des jeunes princes est entre les mains de précepteurs de tout repos.

— De grandes fortunes s'édifient par d'adroites et ingénieuses combinaisons.

— Je revois la France, asile des belles manières...

— Et, ô miracle !... Je vois, n'attendant qu'un signe pour paraître, les ... frères Crawford !...

GRÉVICULTURE

— Et quand vous aurez résisté jusqu'au dernier, je reviendrai mourir de faim au milieu de vous.

RÉUNION ÉLECTORALE (Vue au Cinématographe)

On vient de faire éteindre le gaz
par ordre de l'autorité.

POUR ÊTRE AIMÉE

1. Pour être aimée, il manque peu de chose à la République : deux ou trois généraux à pronunciamiento comme en Espagne, pour trancher les situations tendues.

2. La repopulation, comme en Allemagne

3. Le *dolce farniente*, pour les personnes pas en train, comme en Italie.

4. Un peu de caviar pour atténuer les journaux, comme en Russie.

5. De la ténacité, comme en Angleterre.

6. La justice sans frais, comme en Amérique.

7. L'abolition de l'alcoolisme, comme en Suède.

8. Le foyer agréable... et sûr, comme en Turquie.

9. ......Mais voilà, nous n'avons rien de tout cela!

LES DEUX TOURNANTS

La République est au tournant de son histoire.

(Paroles ministérielles de naguère.)

La République est au tournant de ses destinées.

(Paroles ministérielles d'hier.)

LA RÉPUBLIQUE. — Ce qui fait que je tourne en cercle !

AU MINISTÈRE DES COLONIES

Aux maîtres immortels de tous les temps
et
A Monsieur le Colonel commandant le régiment des Sapeurs-Pompiers de Paris
Très respectueusement dédié par
CARAN D'ACHE.

L'AMI. — Mais tu vas faire flamber tes voisins !
LE FONCTIONNAIRE. — Aucun danger, je n'ai pas de voisins... ce n'est que le Louvre !

L'ALCOOL DE L'ÉTAT

L'idée de monopoliser la vente de l'alcool par l'État produit une grosse émotion dans les milieux où l'on lève le coude, car, qui sait? derrière cette réforme se cache peut-être une pensée profondément moralisatrice. Si, comme cela se doit sous-entendre, le débit est confié aux fonctionnaires de l'ad-mi-nis-tra-tion, c'est la fin de l'alcoolisme dans un délai bref!

Enfin, je vas y goûter à leur alcool administratif.

· Un litre de marc, s'il vous plaît.
— Guichet 6!...

Allons, bon! Voyons voir au 3.

— Un litre de...
— Vos papiers? Votre acte de naissance, carte d'électeur, quittance de loyer, enfin tout ce qui est nécessaire... et voyez au guichet 5...

— En v'là des chichis!...

— Faut-il que j'aie soif, tout de même!

— Fais une demande sur une feuille de papier timbré de 60 centimes, et voyez au 9...

- Ce n'est pas ici. Voyez guichet 7.

— Mais il n'est pas enregistré, votre papier! Voyez au 2.

— Ah çà! vous croyez que je n'ai que ça à faire, de m'occuper de vous!... Revenez demain, guichet 8.

— Avec ce bon, vous reviendrez dans la quinzaine, guichet 5.

— Tiens, tiens... j'ai plus envie de boire!

DIS-MOI QUI TU HANTES.....

Tel que vous me voyez, cher monsieur, je puis me vanter d'avoir de belles relations !

Je fume les cigares du prince quand il s'éjourne à Bruxelles.

Je dis quelquefois à Déroulède : « Quel temps... quels temps ¹... »

Je ne manque pas une conférence, et c'est moi qui donne les plus solides poignées de main !

A M. Guérin, je dis : « Du nerf, monsieur... et du nerf de bœuf. »

J'ai fait danser les femmes du monde à la Villette

Avec tout ça, j'ose dire que j'ai l'oreille au préfet...

Et je suis intime avec le caissier de la boîte.

Tiens, pourquoi m'appelle-t-il casserole ?

LES ORAGES DE PARIS

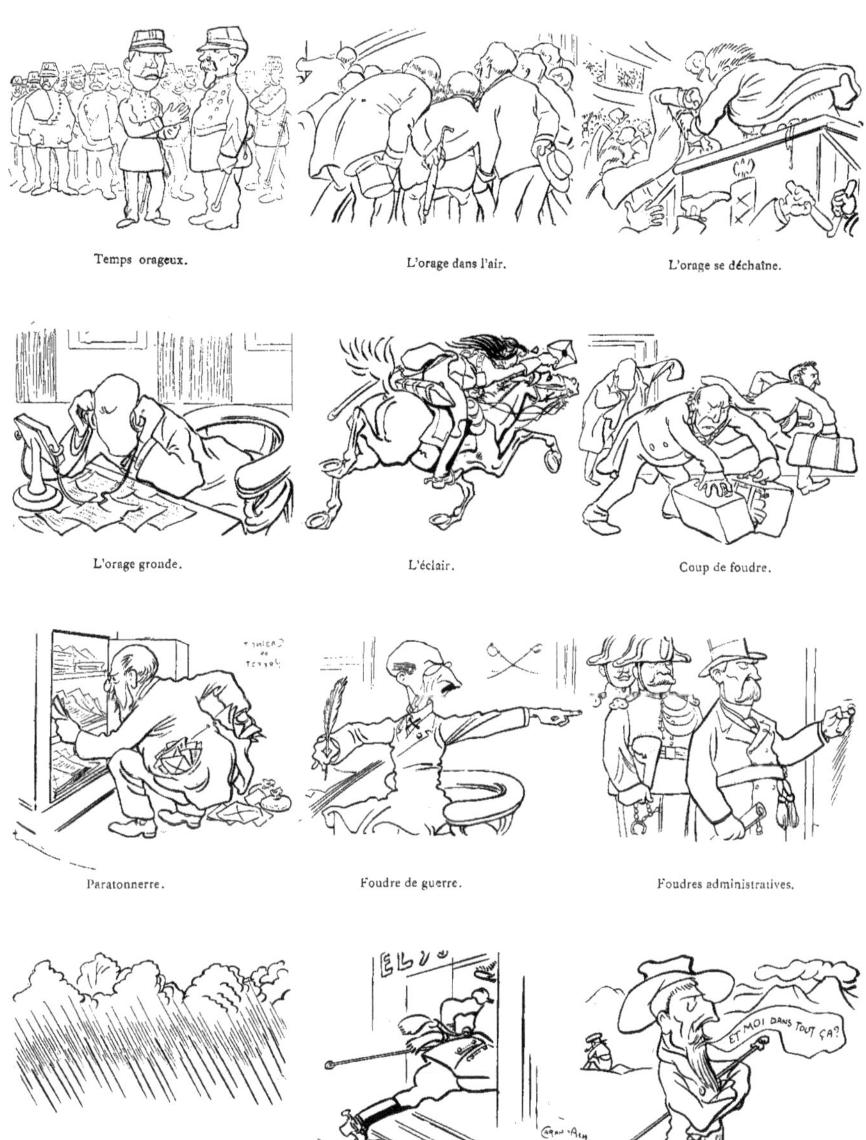

Temps orageux.

L'orage dans l'air.

L'orage se déchaîne.

L'orage gronde.

L'éclair.

Coup de foudre.

Paratonnerre.

Foudre de guerre.

Foudres administratives.

L'éclair des baïonnettes.

Prompt comme l'éclair.

Après l'orage.

A QUOI SERVENT LES RAFLES

— Pour vous prouver que la police est bien faite, monsieur le journaliste, vous allez voir que dans une heure tout ce joli monde sera au Dépôt.

TROIS JOURS APRÈS

— Pourtant, il n'y a rien de changé! Ce sont les mêmes malfaiteurs...
— Mais les victimes ne sont plus les mêmes!

CONCOURS DE GIROUETTES

On sait le succès qu'obtient le projet émanant du grand artiste peintre de nos épopées, — nous avons nommé Édouard Detaille, — le projet qui veut que les Parisiens reviennent aux enseignes pittoresques d'antan. Mais il y a un autre ornement, plus modeste c'est vrai : c'est la girouette qui couronne la cheminée et qui tourne, en personne très obéissante, aux caprices du vent. Pourquoi ne pas penser à elle aussi !... Quelques modèles :

[La poule au pot.

L'assiette au beurre.

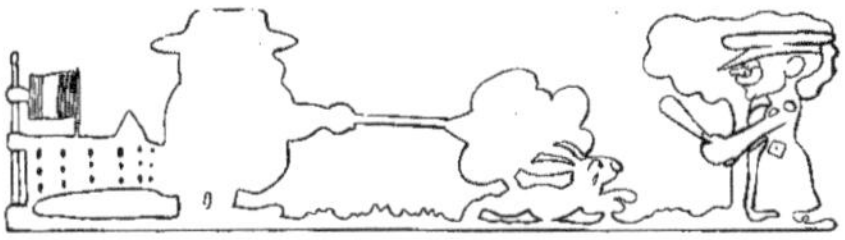

Rambouillet.

Les vins du Midi.

Les ombrages [de la Ville de Pairs.

Aux sports réunis.

Le Sagittaire.

La guerre sainte.

Au Tzigane.

La musique d'Hervé (l'autre).

La fosse aux lions de chez Molière.

Pour la maison de Detaille.

LE BEAU

En inaugurant l'autre jour un marbre nouveau dans son allée triomphale, S. M. l'Empereur Guillaume II a parlé de l'idée du beau sur un mode que ne désavouerait pas un critique d'art des plus lucides; avec une compréhension qui ne manque pas de surprendre chez un chef si farouchement guerrier et que l'on eut cru épris plutôt de l'alignement que de la ligne, et de l'uniforme plutôt que de la forme, car : « Pour chacun, le beau est ce qu'il lui plait, » a dit un ancien philosophe, et M. de Voltaire a ajouté : « Le beau, pour le crapaud, c'est la crapaude. »

Pour un aimable sectaire de chez nous, c'est le soldat qui ne veut rien savoir.

Le beau, au delà de la frontière, c'est au contraire le tourlourou qui s'applique.

Pour les uns, le beau c'est l'immensité.

Pour d'autres, le beau n'est visible qu'au microscope.

Pour celui-ci, le beau doit être gras.

Pour Barnum, au contraire, excessivement maigre.

Il est de toute évidence que la qualité esthétique des choses n'est pas du tout la même chez Néron.....

et chez le caporal des pompiers du village.

LES EFFETS DE LA CHALEUR COMMUNICATIVE

Effets de la chaleur communicative de la manille.

En pleine chaleur du record.

Un effet d'ensemble, après la chaleur du bal d'atelier.

La chaleur des rivalités.

La chaleur d'une première. — Effet négatif.

La chaleur de la manifestation politique, ou le cheval mauvais conducteur

Effet — tant attendu — de] la chaleur communicative des bals.

La chaleur communicative des banquets a pour résultat un lavage de tête sévère... et mérité.

L'HOMME QUE L'ON ÉCOUTE

L'homme que l'on écoute est souvent un avocat.

Généralement aussi, un homme politique.

Un globe-trotter, également.

Un spirite est fort écouté aussi.

Un peintre, mais rarement.

Un général péruvien ou colombien est assez prisé, mais à condition que cela ne dure pas.

Un médecin, au contraire, peut être aussi long qu'il lui plaît, il sera sûr d'être écouté religieusement.

Un pianiste, à cause des anecdotes.

Mais celui qui seul ait le droit de tenir le crachoir aujourd'hui, c'est le Monsieur vénérable qui commence ses narrations par un « Victor Hugo me disait un jour......, etc. »

LA COURSE PARIS-BERLIN ou L'ESPRIT NOUVEAU

A BERLIN! A BERLIN!

L'ANCIEN. — Je connais le refrain, mais l'air n'est plus le même.

L'AUBERGE DE DEMAIN

« " L'Auberge de demain " sera l'expression du dernier mot du progrès. »

LE TOURISTE. — Dites-moi, garçon, il ne vous resterait pas une chambre de « l'Auberge d'avant-hier » ?

L'IMPOT SUR LE FLIRT

Un vertueux député des États-Unis se propose de couper dans la racine ce mal qui, d'après lui, partout répand la fureur : le flirt, puisqu'il faut l'appeler par son nom. Or, interviewé, le rabat-joie législateur prétend que les racines du flirt sont constituées par le regard, partant l'œil, la narine et le sourire. Donc, frappons-les d'impôts vigilants. Ainsi :

PREMIÈRE CATÉGORIE.

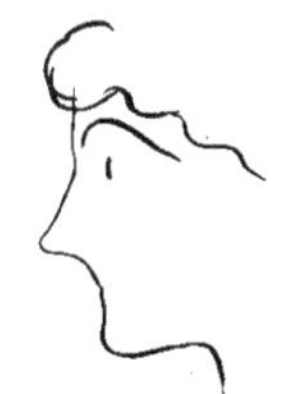

Un regard limpide ne paie rien, comme de juste, car il est inoffensif.

Un regard voilé, 15 centimes.

Un regard interrogateur, 25 centimes.

Un regard furtif, 20 centimes.

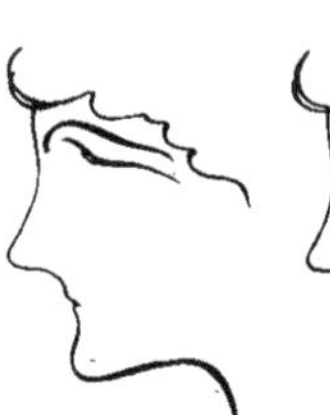

Un regard scrutateur, 5o centimes.

Un regard boudeur, 55 centimes.

DEUXIÈME CATÉGORIE. — L'œil et la narine combinés constituent un langage.

Attention, 75 centimes.

Est-il là ? 45 centimes.

Je vous ai vu, 1 franc.

Je suis bien heureuse ! 1 fr. 5o.

Ah! si nous étions seuls! 2 fr. 5o.

Vous me le paierez cher ! 5 francs.

TROISIÈME CATÉGORIE. — L'œil, la narine et le sourire réunissent par leur combinaison un langage déclaré de danger public.

Osez donc! 5 francs.

Vous déciderez-vous ? 5 fr. 25.

Eh bien, j'attends! 5 fr. 5o.

Je vous déteste! 5 fr. 75.

Grand méchant! 5 fr. 95.

Je voudrais mourir! 10 francs.

—Tâche bien lourde, monsieur, mais je suis aidé dans ma besogne par mesdemoiselles mes nièces, me dit le député en me reconduisant. Alors, je compris...

Oh, oh! ce sont ses inspiratrices...

LA FEMME IDÉALE

> « Une belle femme, qui a les qualités d'un honnête homme, est ce qu'il y a
> au monde d'un commerce plus délicieux ; l'on trouve en elle tout le mérite des
> deux sexes. »
>
> La Bruyère.

Le Monsieur qui s'en fiche. — Tiens, toi qui te plains, cherche-la, la femme idéale qui aurait les qualités d'un honnête homme ! Or, quelles sont ces qualités : La droiture, d'abord ; certaine carrure jointe à une certaine rondeur !...

Le Monsieur qui a beaucoup souffert. — De la tête, du nez, la main largement ouverte, l'œil partout, pas prodigue, n'ayant qu'une parole, pas d'élégance outrée, mais ayant du chien...

— Ah ! oui, mon ami ! je donnerais beaucoup pour la trouver enfin, cette femme-là !...

Le Facteur. — Je crois bien que la personne que ces messieurs cherchent est là, à côté, dans le compartiment des dames seules...

L'INSTINCT DES FEMMES EN PARTICULIER

A propos de la si remarquable lecture faite par M. Edmond Perrier, de
son livre *L'Instinct*, en la séance publique annuelle des Cinq Académies.

Enfant, la femme a déjà l'instinct des relations utiles
pour plus tard.

Jeune fille, elle cherche d'instinct la camarade dorée d'une *Fraulein* authentique,
pour qu'on ne sache pas à laquelle des deux appartient la modeste Bretonne familiale.

Jeune fille à marier, d'instinct elle flaire l'homme confortable qui
possède *une seize chevaux* et un cerveau d'un cheval 3/4.

Femme, elle a l'instinct des occasions admirables en bijoux et zibelines!

Épouse, l'instinct la conduit droit à celui qui doit faire décorer Joseph.

Amante, son merveilleux instinct lui fait découvrir les petits bleus
oubliés dans les poches de la *mise-bas* de monsieur.

Maîtresse de maison, son instinct s'affine et devient un miracle de flair!

Mère — d'instinct elle devine l'heure à laquelle son gendre rapporte du
club la culotte désastreuse!

L'ART NOUVEAU (Casque d'Or au Salon)

Fait un tour chez le peintre X.... qui met la dernière main à son portrait
de « Casque d'Or », l'amie du « Chef des Apaches ».

Z... termine le portrait de « Casque de Bronze », l'amie du « Tatoué ».

Y... est en train d'achever le « Casque d'Acajou », l'amie de
« Charlot de Ménilmontant ».

X.-Y... donne les dernières couches à « Casque de Feu », l'amie de
« Julot le Frisé ».

L'éminent maître Z.-X..., sacrifiant à la mode, met la suprême patine à
« Casque de Cuivre », l'amie dévouée de « La Terreur de Pantruche ».

Manqué, à mon grand regret, MM. B..., A..., P.... C..., H.... occupés
qu'ils étaient à la levée des écrous de leurs modèles.

GILETS ILLUSTRES ET ILLUSTRÉS

La Mode, bonne fée ! permet en ce moment à l'homme de capter au soleil quelques-uns de ses plus chauds rayons, pour les fixer sur ce champ restreint de son vêtement qu'on appelle le gilet, donnant ainsi aux humains un peu de joie aux yeux, et aux humaines l'occasion de broder à l'être chéri autre chose que de prosaïques pantoufles !

Mgr le Duc d'Orléans, arbitre-né de toutes les élégances, porte à son gilet un seul sujet : Une vue de Sa Maison.

M. Émile Loubet, sacrifiant à la mode, arbore la vue de la sienne.

S. M. Guillaume II, le plus parisien des empereurs, quoique bien rare parmi nous depuis quelque temps, porte un gilet mi-partie armée de terre, armée de mer.

Le roi Édouard a fait copier le sien sur une glace de l'ancien grand 16 !

A Londres même, on s'accorde à trouver que les gilets de M. Chamberlain manquent de gaieté.

Le doux Kitchener porte des gilets blancs avec, de-ci de-là, quelques mouchetures écarlates.

Édouard Detaille revêt un beau gilet avec, à droite : les « Pyramides », et à gauche : « Austerlitz ».

Le plus gracieux des gilets est, sans conteste, celui du délicat poète Robert de Montesquiou : Une théorie de Muses sur champ de tols hortensias.

Un chauffeur fervent a fait broder sur le sien une carte routière au $\frac{1}{200000}$

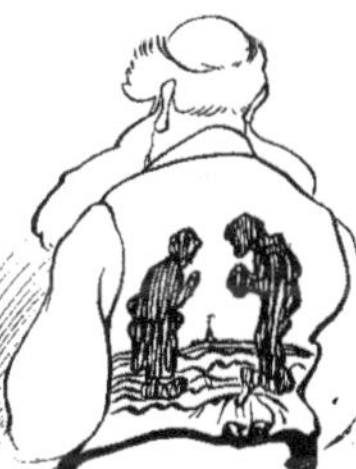

Un collectionneur émérite et distingué porte un Millet derrière, et un Corot devant.

Le Roi franco-belge se sangle de « Coppélia ».

L'intrépide Santos-Dumont porte brodés à droite : « La tour Eiffel », à gauche : « Les coteaux de St-Cloud ».

S. E. le Ministre-artiste porte sur l'estomac une vue de Moscou à l'époque du Décret.

M. X... porte sur son cœur l'image de Mme Z...

M. Z... réchauffe sur le sien les traits de Mme X...

Et, enfin, mon ami le bel Arthur a fait broder sur son gilet de séducteur les numéros de téléphone de ses victimes.

HABIT OU REDINGOTE

— Que me dit-on? Vous avez la prétention de conduire à l'autel la blanche épousée?

— Et pourquoi pas? Ne dit-on pas redingote de cérémonie? · Dans quel monde, ma chère!

Songez que moi, je m'appelle Frac! monsieur de Frac.
Pardon, vous vous appelez Sifflet, tout court!

—·J'ai des aïeux, ma petite!

— Et moi je descends de Reading-Coat.
— Peuh! Noblesse d'écurie.

— Ecurie! Moi! Apprenez que je suis avant tout le vêtement des parlementaires. Va donc, hé, Trente et un! Queue de morue!

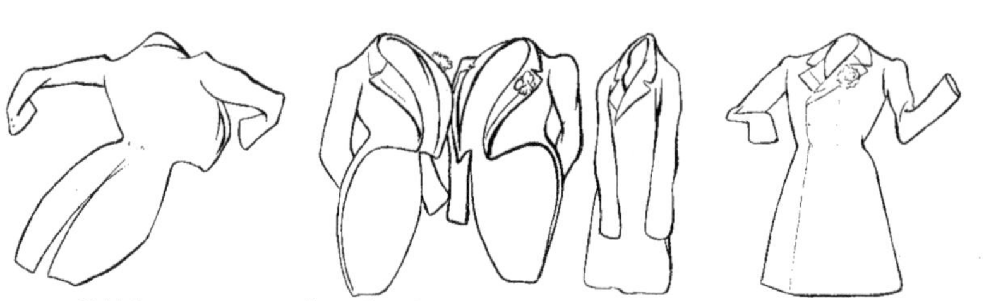

— Moi, je bostonne.

— Et vous, faut voir votre piteuse mine, quand vous vous êtes faufilée parmi nous dans le monde ou à l'Opéra.

— Oui, mais moi, je triomphe aux five o'clock, aux garden-parties!

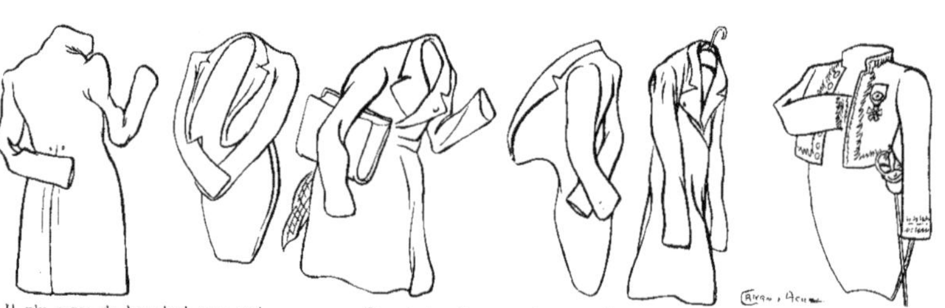

— Il n'y a pas de bon duel sans moi.

— Et puis je suis savante!

—·Vous, savante? Soit! Mais vous ne serez jamais de l'Académie!

DE QUI EST LE CAKE-WALK ?

C'était indiqué!... La paternité du « Cake-Walk » est un objet de dispute. Les uns disent blanc, d'autres disent noir, et les revendications pleuvent : « Nous n'avons pas attendu les nègres pour danser devant et pour le gâteau ! » clament les invités de tous les temps.

Les nègres répliquent : « Le Cake-Walk est une manifestation spontanée chez tout bon noir; voyez Vendredi chez bon Massa Robinson !

— Je l'ai dansé avant vous, dit le fol du Roy, cela m'a coûté même assez de larmes.

Le « Cake-Walk » se dansait fréquemment dans la Rome impériale... « on le bissait rarement », disent les mémoires du temps.

Mon pas de « Cake-Walk », observe le regretté David, était plus qu'un simple divertissement chorégraphique : c'était de la haute politique.

— J'affirme mon droit d'aînesse, pardon, d'ancienneté! réplique Caïn.

— Ah! nos bonnes parties de « Cake-Walk »,
vous en souvient-il, ma mie !
(Les « Five o'clock » d'un Faune, poésies.)

Heureusement, les savants, qu'il faut écouter en toute chose, nous démontrent que : Étant donnés et le mécanisme et l'objet de cette danse, son origine est beaucoup plus ancienne. Il est d'évidence même, que le premier qui dansa le « Cake-Walk », fut quelque Azor préhistorique !

LES M'AS-TU-VU

1. Les Escrimeurs.

2. Les Explorateurs.

3. Les Médecins.

4. Les Peintres.

5. Les Assassins.

6. Les Députés et les Conseillers municipaux.

7. Les Photographes.

8. Les Avocats.

9. Les Ordonnateurs des Pompes funèbres.

10. Les Coureurs cyclistes.

11. Les Couturiers.

Et enfin, au 12e rang seulement, les Comédiens... Qui l'eût cru ?

LES RUSES DE COQUELIN CADET

ou les Billets de la Loterie des Artistes dramatiques

L' père Cadet : « Le senor ne quittera pas Paris sans emporter ces quelques souvenirs. »

Kadetoki et son cheval distributeur.

Cadetoff et ses chiens placeurs de billets.

Cadetzzi, le dompteur, pendant que ses gracieuses élèves placent des billets dans la salle.

Le professeur Kadetmann, prestidigitateur inouï.

Abd-el-Kadet, le devin-voyant égyptien : « Toi, madame, prendre billets. — Toi, gros lot cent mille. »

— Mon prince, pour la dame en rouge...

Kadeczi, le virtuose fatal.

— Monsieur le baron, pour la dame en bleu...

Cadettini ou même les grands moyens sont bons pour...

...que les pauvres cigales dramatiques, au moment de l'arrivée de la bise...

...puissent enfin connaître un peu la douce existence de la fourmi!

LA CENSURE EST-ELLE UN ART?

Pour avoir le cœur net, j'allai interviewer un des
princes de la censure. — Si c'est un art ?!...
Mais, monsieur, c'est l'Art le plus pur !

Et le censeur est un artiste véritable, ondoyant
et divers ! De la dentellière il a la grâce...

Du statuaire il a la vigueur incisive...

A la formule pointilliste du peintre, il joint

l'ordonnance sévère des lignes de l'architecte !

Au peintre décorateur il emprunte sa manière
large de nuancer les grands espaces.

Au fleuriste il enseigne la grâce imprévue dans la
composition des corbeilles.

Le censeur est à la fois chimiste

et alchimiste !

Et quel résultat, monsieur ! Quand d'un bloc
informe, fruste et brut,

le censeur fait jaillir un chef-d'œuvre !

— Et si l'on ne vous donne plus de manuscrits à censurer :
— Mossieu, je continuerai en amateur, avec les classiques !

L'ART EN VOYAGE

LE SALON AUTOMOBILE

LE PEINTRE DE LA MONTAGNE

Parmi les « Petits Salons » de peinture, celui des « Peintres de la montagne » vient de s'ouvrir avec une exposition des plus intéressantes.

Rien de plus difficile à peindre qu'une montagne. J'ai essayé une fois.

D'abord, elle ne vient pas à vous, il faut aller à elle.

Puis il y a le choix du site.

Quand votre siège est fait...

...on change de place brusquement.

Que de temps perdu !

Installer la toile.

S'installer soi-même. Enfin !

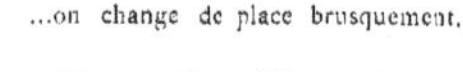

Crac, un coup de vent... Délicieux !

Patatras, une avalanche..... N'en j'tez plus !

Brrr, une jolie gelée par là-dessus... Exquis !

Enfin, ça y est ! Et puis tapé, encore !

Descente. — Pan, un izard affolé en plein dans mon panneau !...Charmant !

L'aigle s'en mêle... C'est assommant, à la fin.

Alors, dégoûté, j'ai vendu ma toile presque pour rien à un Anglais qui passait par là.

Maintenant je ne peins plus que les quais de Marseille... à Montmartre.

UN MOIS AU GRAND AIR

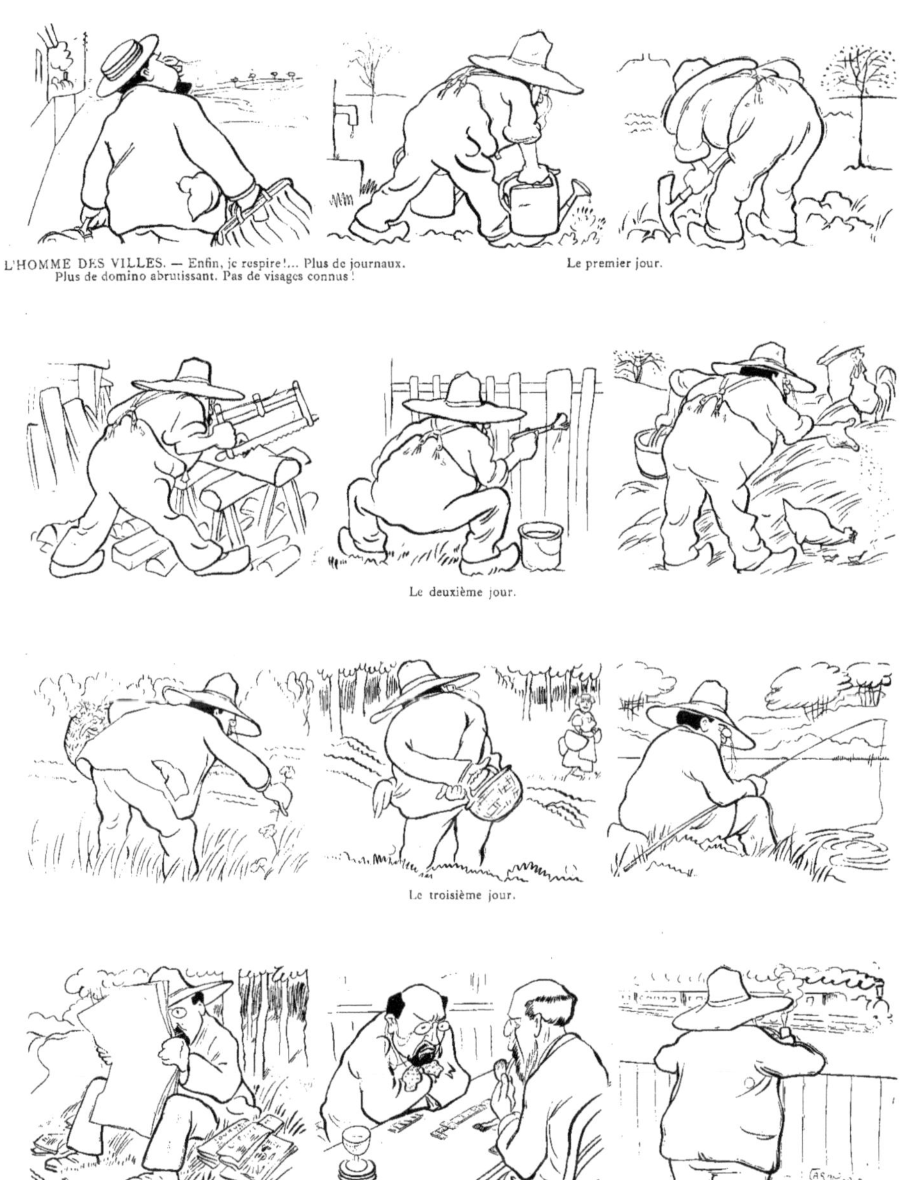

L'HOMME DES VILLES. — Enfin, je respire!... Plus de journaux.
Plus de domino abrutissant. Pas de visages connus !

Le premier jour.

Le deuxième jour.

Le troisième jour.

Les vingt-sept jours suivants.

André-Coupe-Toujours.
Boule de son.
Cyclistes.
Décoré.
Enthousiasme.
Fièvre patriotique.
Gare aux poches.
Histoire de se rafraîchir.
Il arrive.
J'aime surtout le Saint-Cyr.
Kiki, perdu !
Limonade franco-russe.
Merci.
Nenfant.
Opéra gratuit.
Panier à salade.
Qui n'a pas son p'tit vent du Nord ?
Retour.
Service sanitaire.
Troude.
Une polka.
Vive l'armée, mossieu !
X-sur-X.
Y-le-Châtel.
Z-sur-Mer.

SERVICE MILITAIRE RÉDUIT

Un inventeur, le même du reste à qui l'on doit la machine à transformer le porc en saucisses et les lapins en chapeaux haute forme, instantanément et sous les yeux du public, vient de soumettre à M. le ministre de la Guerre quatre appareils pour le service militaire réduit.

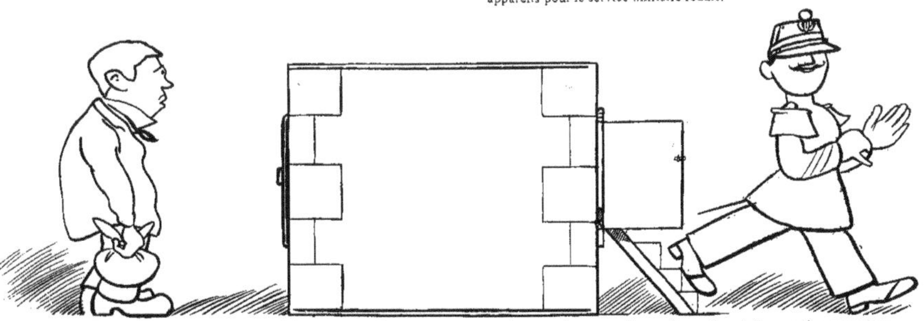

UNE CUVE. — Dans laquelle vous introduisez un conscrit abrupt, vous rend, onze minutes après, un fantassin prêt à toutes les conquêtes.

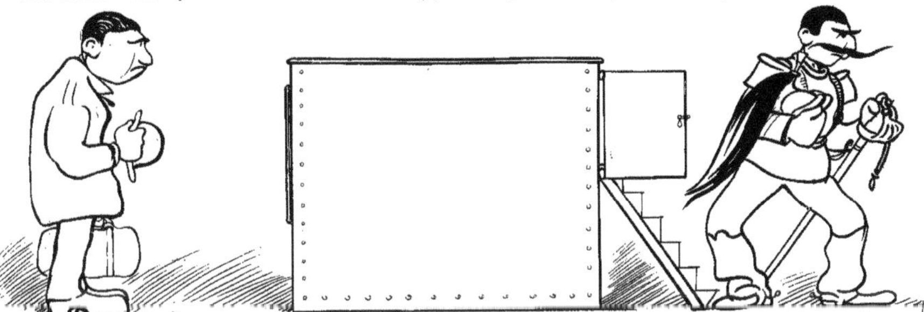

UNE ÉTUVE. — Prend un peu plus de temps pour muer un campagnard quelconque en un fougueux cuirassier; vingt-sept minutes environ.

UNE CORNUE — Transforme un Colin illettré en un représentant d'arme savante, dans un laps de temps qui ne dépassera pas trente à trente-cinq minutes.

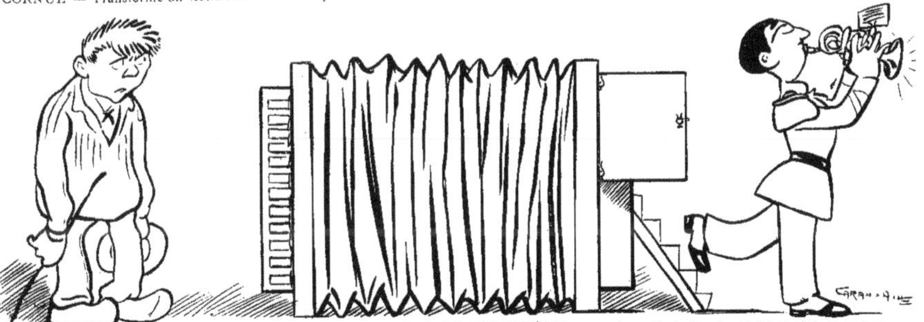

Et enfin, ô merveille! un pâtre non équarri, entrant par la gauche de l'HARMONIFÈRE, en surgit par la droite répandant en pluie de perles *Le Domino Noir* et *Sambre-et-Meuse*.

A MONSIEUR LE MINISTRE DE LA GUERRE (En pleine canicule)

Monsieur le ministre. . . . .   Monsieur le ministre, je mets la main à la plume, par cette chaleur de 36 degrés à l'ombre, à seule fin de solliciter de vous la faveur, à propos du pantalon de toile !

Monsieur le ministre! Il est hors nature que nous usassions du même pantalon de drap, l'été comme l'hiver.

Les longues factions de décembre nous trouvent affublés de ce même pantalon de drap!

Ainsi de même que les frimas de janvier !

Le même dit pantalon de drap, que nous portons en août, nous protégerait, si des fois ce serait une campagne au cœur de l'hiver !

Cependant que nos amis du Nord revêtent des pantalons de toile dès la fin mai !

Et c'est avec des pantalons de toile que les armées du centre sacrifient à Bellone et à Vénus.

De même que tous civils, élégants ou simplets, se couvrent de toile.

P.-S. Sachant le respect que je dois aux règlements militaires, je vous adresse cette lettre, monsieur le ministre, par la voie hiérarchique.

LA TOILETTE DU SOLDAT FRANÇAIS

LE MIROIR D'ORDONNANCE

Depuis quelques jours on a installé à l'entrée du quartier de cavalerie de l'École Militaire, à la porte du poste de police, une très grande glace d'environ deux mètres sur un mètre cinquante, dans laquelle les militaires qui vont sortir viennent se mirer et régulariser leur tenue avant d'affronter l'inspection du maréchal des logis de garde.

Voilà une innovation qui ne manque certes pas de pittoresque et qui sera certainement suivie par tous les autres quartiers et casernes, car elle évitera aux soldats bien des déconvenues et peut-être des punitions.

Voyez-vous ça : il leur faut maintenant des glaces de deux mètres à ces messieurs... De notre temps il nous fallait peu de chose pour notre toilette : un sceptre comme bâton à friser.

Un nuage de poudre à la maréchale.

Un peu de « pommade » hongroise.

D'la « terre d'Italie » pour le flingot.

Du « bleu de Prusse » sur les usures.

De « l'eau de Cologne » de Cologne même. Une fiole de « schnaps de Dantzig » dans la giberne.

Comme parfum « l'odeur de la poudre ».

Une brindille de laurier par là-dessus, et je vous promets qu'on n'avait pas besoin de se reluquer dans une glace de deux mètres pour plaire et pour vaincre !

PORTRAITS A FAIRE (Humbertiana)

Quel beau sujet à traiter, pour un peintre de génie, que le portrait des frères Crawford, mystérieux personnages *qu'oncques* ne vit jamais, mais dont le nom est déjà dans toutes les bouches et qui, depuis vingt-cinq années écoulées, tiennent en échec la dame Justice de chez nous!

Les représenterait-on sous les traits de quelques lions de la finance de New-York.

Ou bien en loups de mer, hâlés par la brise et les écumes.

Ou peut-être encore en centaures du Far-West.

A moins de les montrer sous les traits de rudes lapins de quelque Klondyke fabuleux.

Ou de les représenter en intrépides chasseurs de lapins sauvages de quelque Canada limitrophe du pôle?

Ou en lapins tout court?

EN VISITES (Humbertiana)

En visites, la conversation languit... De quoi parler quand on a fini de parler chiffons,

domestiques,

maris,

enfants,

chiens,

ou de l'affreuse saison,

Après qu'à satiété on avait causé de M. de Phocas,

de l'appendicite,

maudit le marquis de Priola.

redit les ensorcellements du Pavillon des Muses,

ou échangé les louanges de la nouvelle masseuse, on n'avait plus rien à se dire. Mais la Providence nous a envoyé les divins Crawford.

Alors, c'est du délire. — Une croix pour Elle! — Une statue. — Une rue! Un boulevard! — Un arc de triomphe!

ÉTRANGE !... (Humbertiana)

C'est inconcevable, inouï, étrange !... Sultan — un superbe chien que j'ai payé un prix fou à la vente Humbert — envolé, disparu, tout à l'heure, sous mes yeux, sans laisser de traces !... Et voilà comment la chose s'est passée :

. . . . J'ai aperçu alors le bout de sa queue seulement et j'ai vaguement entendu comme des voix qui s'écriaient :

— Thérèse ! Thérèse ! Regarde donc... Voilà Sultan !

PORTRAIT EN GROUPE

ou les Invités devenus circonspects (Humbertiana)

LE CHATELAIN. — Venez vite..., mes chers amis, on va nous photographier tous en groupe.

Clic ! ça y est !

LA CHASSE (Humbertiana)

LE CHŒUR DES LAPINS. — Chouette, v'là les journaux, avec des nouvelles fraiches de Mme Humbert !

CADEAU DU NOUVEL AN (Humbertiana)

ÉTRENNES INUTILES

L'ÉCURIE H*** (Humbertiana)

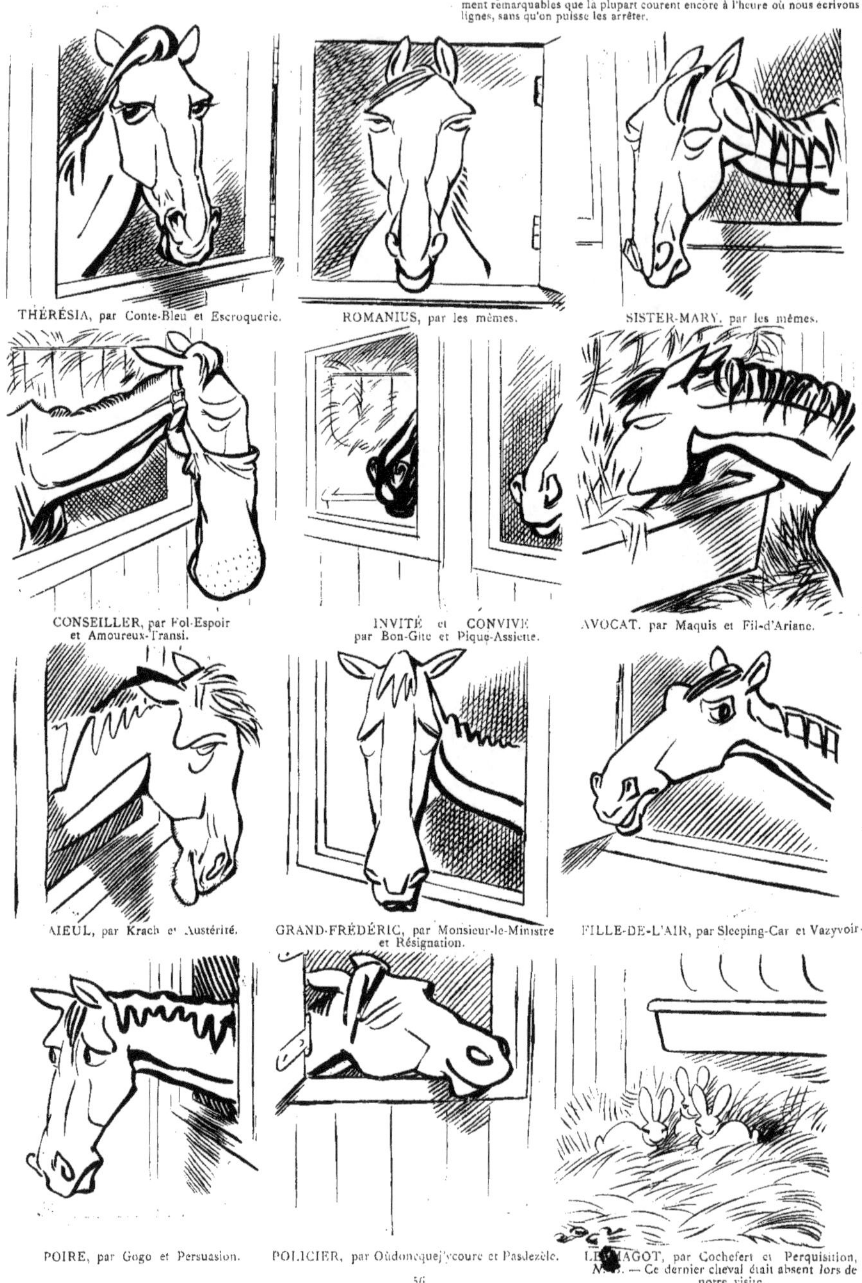

THÉRÉSIA, par Conte-Bleu et Escroquerie.

ROMANIUS, par les mêmes.

SISTER-MARY, par les mêmes.

CONSEILLER, par Fol-Espoir et Amoureux-Transi.

INVITÉ et CONVIVE par Bon-Gîte et Pique-Assiette.

AVOCAT, par Maquis et Fil-d'Ariane.

AIEUL, par Krach et Austérité.

GRAND-FRÉDÉRIC, par Monsieur-le-Ministre et Résignation.

FILLE-DE-L'AIR, par Sleeping-Car et Vazyvoir.

POIRE, par Gogo et Persuasion.

POLICIER, par Oùdoncquej'ycoure et Pasdezèle.

LE MAGOT, par Cochefert et Perquisition, N... — Ce dernier cheval était absent lors de notre visite.

NOUVEAUTÉS CHEVALINES

Justement alarmé par le progrès incessant de l'automobilisme, notre élevage comprenant que ne pas produire du nouveau c'est périr, présente cette année des modèles inédits. D'abord, le cheval de coupé «L'Anti-auto», comme sa structure l'indique.

Ensuite, il y a le « Vaisseau du Désert », animal de fatigue, obtenu par de larges emprunts faits au dromadaire, dans ce qu'il y a de bon enfant, et au pélican, pour ce qu'il y a de plus pratique.

Le « Sans-Obstacle », sauteur hors ligne, ayant judicieusement profité des conseils du kangourou.

Le nouveau « Cheval de guerre » a imité, dans ce qu'ils ont de plus militaire, la licorne et le coq.

Le « Cheval-Apache », pour les apaches à cheval, chose qui ne tardera pas.

Le « D'Artagnan », modèle de cheval des mousquetaires, calme dans la tempête.

Le « Polo » aussi a été très amélioré.

Détail qui a son importance : le « Cheval Noir » a été l'objet de grands soins, et un stock est toujours en magasin.

LE CHIEN DE BERGER

Les concours de chiens de berger qui se tiennent sur un de nos hippodromes suburbains provoquent une vive et légitime curiosité. Le grand-prix a été gagné par un brave chien qui fit traverser triomphalement à son troupeau une piste hérissée d'obstacles, en lui donnant une formation aussi pittoresque que patriotique : RUSSIE-FRANCE (ou mieux, RÉPUBLIQUE FRANÇAISE).

A L'EXPOSITION CANINE

Tout ce beau monde m'intimide.

Pas moi.

Sans mon troupeau, je me sens tout bête.

Voilà Madame de X..., pépère n'est pas loin.

Dire que le grand-père de Tolstoï a donné pour mon aïeul 5oo âmes avec trois villages... Comme tout change !

Moi, deux fois par semaine, j'ai la manucure.

Elle est bien mignonne, mais je la crois frivole !

Je constate que dans cette agglomération il n'y a que moi d'intellectuel.

Où chassez-vous, cette année ?

Ne le dites à personne... mais je n'ai jamais chassé de ma vie.

Je souis l'emi de le dogue à monsier Tchamberlène. Perfdement.

Ni espagnol ni basset... Si vous croyez que c'est drôle d'être coocker !

C'est encore moi, le jeune homme écossais des Acacias!... A quand, dites?...

Finissez, voilà maman.

Dans quel chenil ça a été élevé !

Pourquoi que je me gênerais ?

A L'EXPOSITION DES CHIENS (Petit Salon de Sculpture)

Exposé !

Une, deux et... trois !

Hypocrisie.

La joie de vivre.

Devant le phonographe.

Le maitre du camion.

Devant l'âtre.

Le retour du Caïd.

Satisfait.

La mouche.

Perdu !

La curiosité du jeune âge.

Le chien du baigneur.

A Celeyran ou la vigilance endormie.

Le chien du compositeur.

Le chien franco-russe.

MODES DE PARIS

« Le Panama »

« Great Mama »

« Canotier »

Pour quelques toutous privilégiés qui naissent
coiffés, combien y en a-t-il par contre qui
sont exposés au coup de soleil. Cette inégalité
ne pouvait durer, et la mode s'en mêlant,
nous avons déjà quantité de modèles
nouveaux, d'abord : « Le Mouquin ».

« Le Peloteur »

« Tod-Sloan »

« Paris-Vienne »

« Le Malcontent »

« Royal-Bonnet »

« Le Nemrod »

« Le Victorius »

« Le Makonnen »

« L'André »

« Le Laïque »

« Scottlander »

« Le P'tit-Père »

LE CHIEN D'ARCHÉOLOGUE

BERGERADES

AVANT LA FÊTE CHAMPÊTRE DU PETIT TRIANON. APPRENTISSAGE.

CHALEUR

Monsieur Toto a rêvé la nuit dernière qu'il était le gouvernement et qu'il distribuait des chapeaux aux pauv' bêtes qui ont chaud.

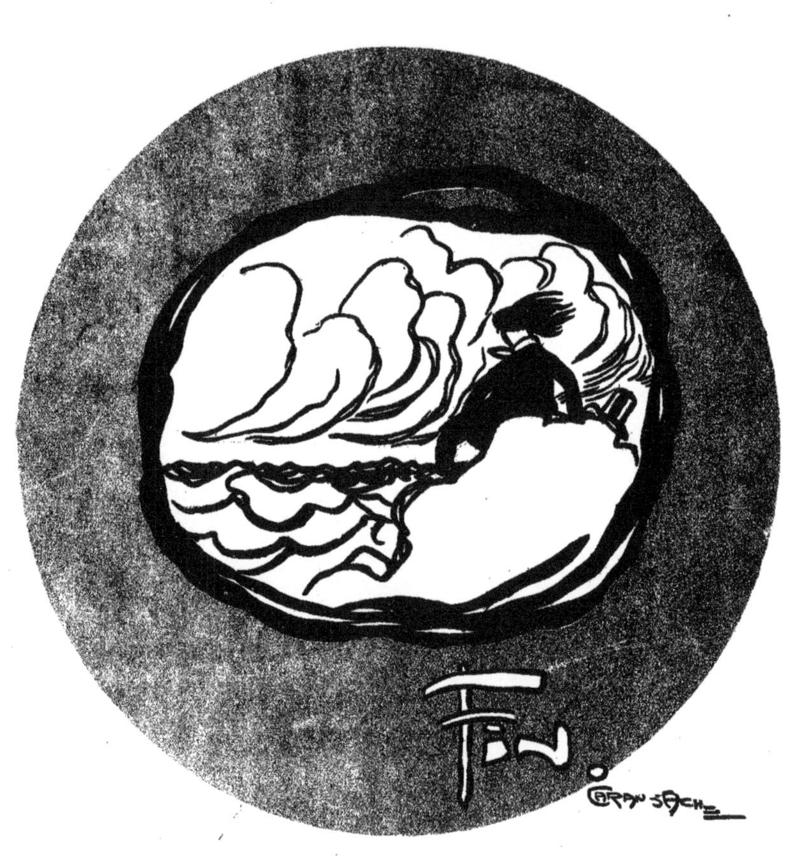